1

落地成球／编绘
墨香铜臭／著

中国广播影视出版社

## 魏无羡

魏婴，字无羡，丰神俊朗、潇洒不羁。曾是江氏家主江枫眠大弟子，后为鬼道创始者，号夷陵老祖。身形纤长，一袭黑衣，腰间常伴有笛子『陈情』。有言『是非在己，毁誉由人，得失不论』。

## 蓝忘机

蓝湛，字忘机，号含光君。姑苏蓝氏二公子，上代家主青蘅君次子，本代家主泽芜君蓝曦臣之弟，蓝启仁之侄及得意弟子。外表清冷严肃、不苟言笑，内心正直内敛，严于律己，自少时便逢乱必出，唯他一人做到，极有佳名。

## 金凌

金凌，字如兰。眉心点丹砂，俊秀非常。性格骄纵别扭，因故被舅舅江澄、魏无羡和好友蓝景仪等人叫作『大小姐』，但很有正义感，本性纯良，擅长箭术。

## 江澄

江澄，字晚吟，世家公子榜第五，现为云梦江氏宗主，居住莲花坞，外甥为金凌，其母为眉山虞氏虞紫鸢，其父为云梦江氏原宗主江枫眠，姐姐为江厌离，姐夫为金子轩，师兄为魏无羡。

# 目录


第一话 / 001 竟然重来了

第二话 / 013 我并不是大魔头

第三话 / 023 要被饿死吗

第四话 / 033 姑苏蓝氏

第五话 / 043 愿望到底是什么

第六话 / 053 旗阵

第七话 / 063 诡异

第八话 / 073 死因之谜

第九话 / 083 看不见的东西

第十话 / 095 真面目

**第十一话** / 105 危险境地

**第十二话** / 115 含光君

**第十三话** / 125 大梵山

**第十四话** / 135 佛脚镇

**第十五话** / 145 兰陵金氏

**第十六话** / 155 三毒圣手江澄

**第十七话** / 165 披麻戴孝蓝忘机

**第十八话** / 175 再会

**第十九话** / 185 舞天女尊

**第二十话** / 197 天女现身

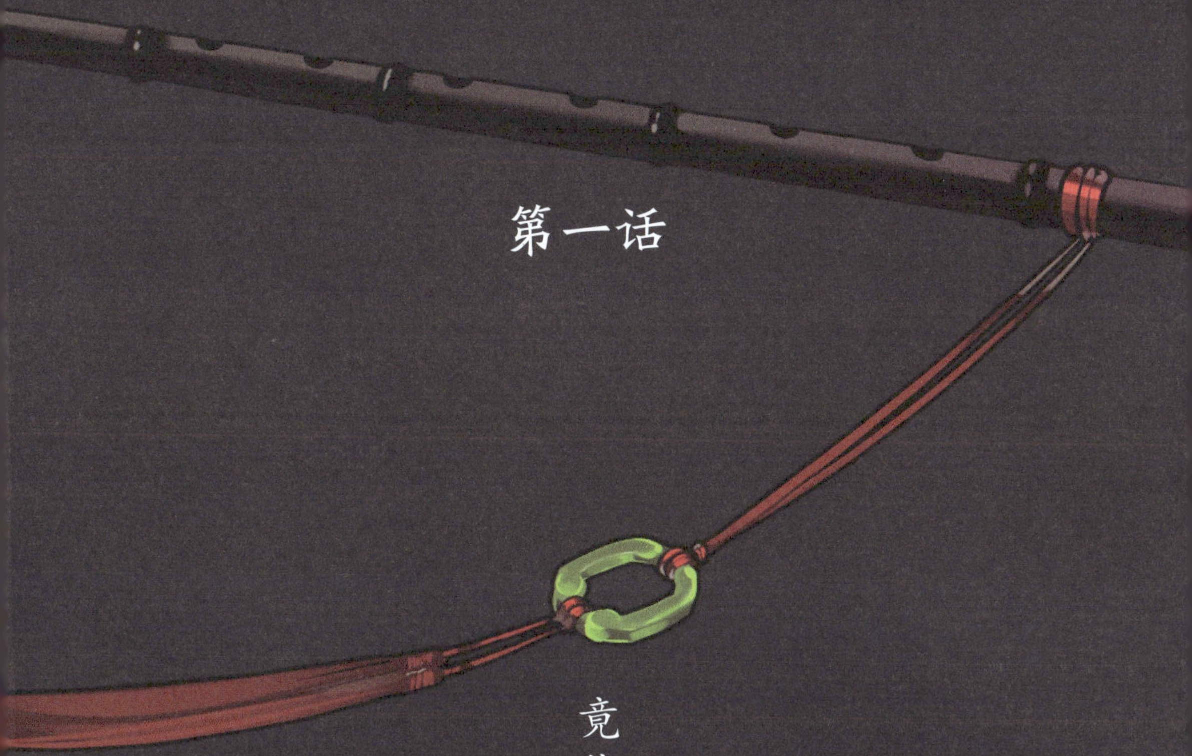

# 第一话

## 竟然重来了

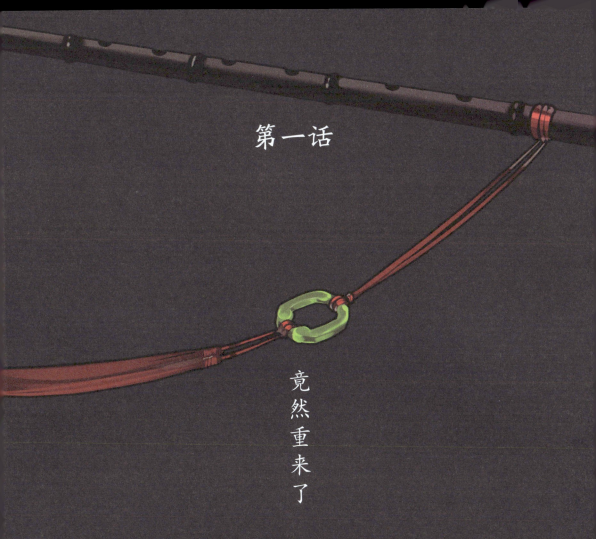

吾名玄羽，莫姓。
家慈为莫家庶出，受玄门世家垂幸，诞吾于碧玉之年。
吾十四岁得拜仙门，然……资质平平，又为凡事所扰，遂被遣归家。

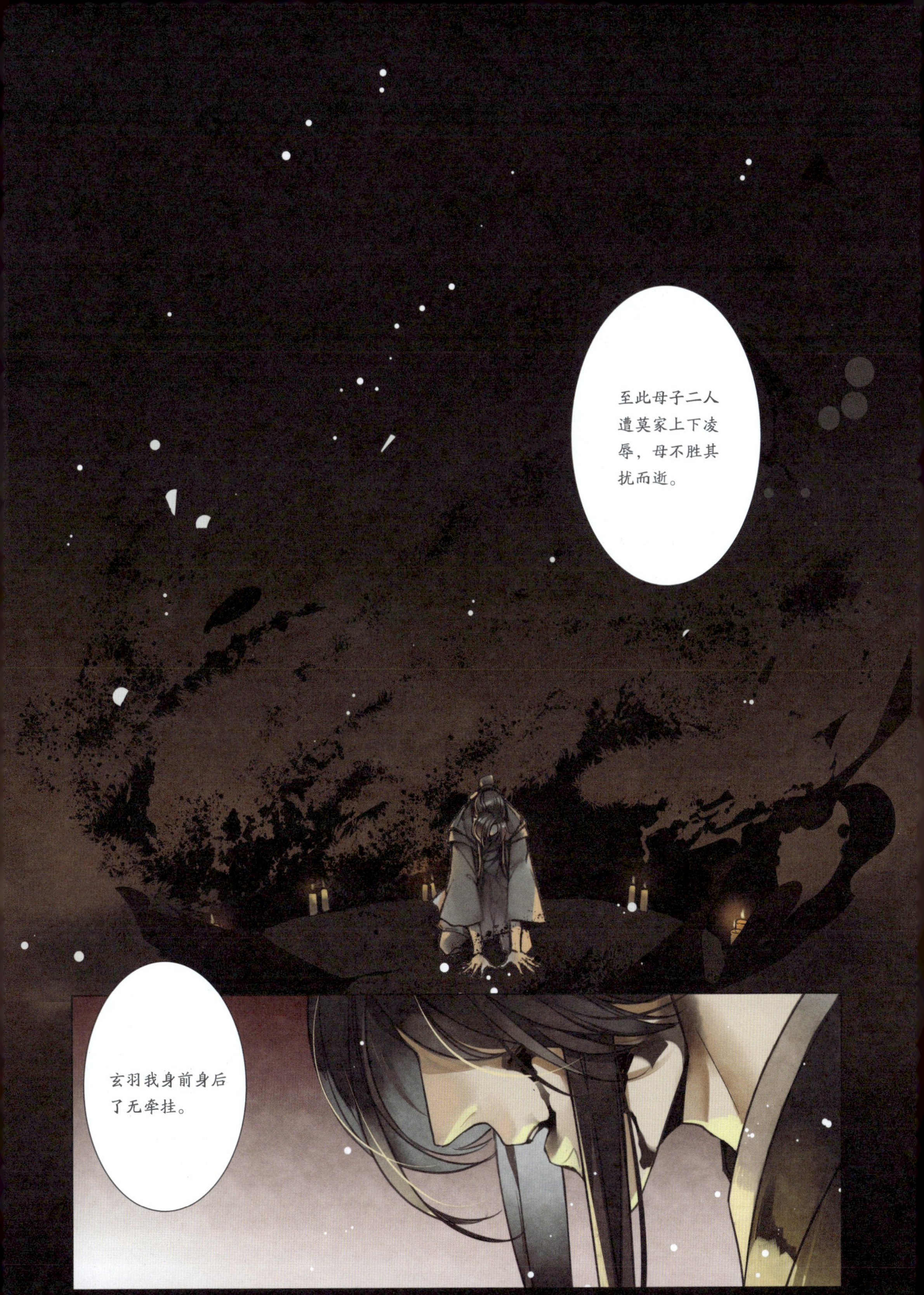
至此母子二人遭莫家上下凌辱，母不胜其扰而逝。
玄羽我身前身后了无牵挂。

但求邪灵降世，
助吾夙愿得了。
愿以肉身为引，献予邪灵；以魂魄为偿，归于天地。
召十恶不赦厉鬼邪神——

夷陵老祖。

魏无羡！

轰！
哈哈哈哈！
哈哈哈！

“哈哈夷陵老祖魏无羡死了。大快人心！”
“他师弟江澄大义灭亲，把他老巢‘乱葬岗’一锅端了！”
“云梦江氏、兰陵金氏、姑苏蓝氏、清河聂氏四大家族打头阵！”
“杀得好！”
“我怎么听说是他修炼邪术遭反噬，受手下鬼将撕咬蚕食，活活被咬碎成了齑粉。”
“哈哈哈哈……报应，他养的那批鬼将就像疯狗一样到处咬人。最后咬死自己，活该！”

"要不是云梦江氏栽培他，魏无羡这辈子就是个混迹市井的庸徒罢了。"
"江家把他当亲儿子养，他却丢尽江家的脸，还害得江氏几乎满门惨死。"
"此次围剿若不是江澄依据魏无羡的弱点拟定计划，成功与否还难说呢。"
"别忘了魏无羡手上有什么，当初那个晚上三千多个修士是怎么死的。"
"我听说不止三千，应是五千吧。"
"果真丧心病狂……"
"好在他身死之前毁掉了那妖邪之器，否则更加罪孽深重。"

“要说这魏无羡，当年也是仙门之中极负盛名的世家公子，年少成名，何等风光恣意……”
“可见修炼终归是非得走正道不可。”
“走邪魔外道，一时风光无限，好像很了不起。嘿，最后什么下场？”

死无全尸。

“为什么魏无羡的残魂无法召唤？”
“一旦他哪日元神复位，夺舍重生……”
“怎么会?!一百二十座镇山石兽压在乱葬岗顶呢！”
“各大家族也在严查夺舍，搜集各地异象，高度戒备。”
“这都十三年过去了，总不会再出什么状况了吧？”
“看来夷陵老祖真的神魂俱灭了！”
“这世间恐怕没有什么人再能复活夷陵老祖了吧？”
翻动
魏无羡
“除了他本人，谁还有那能耐啊，哈哈哈……”

# 第二话

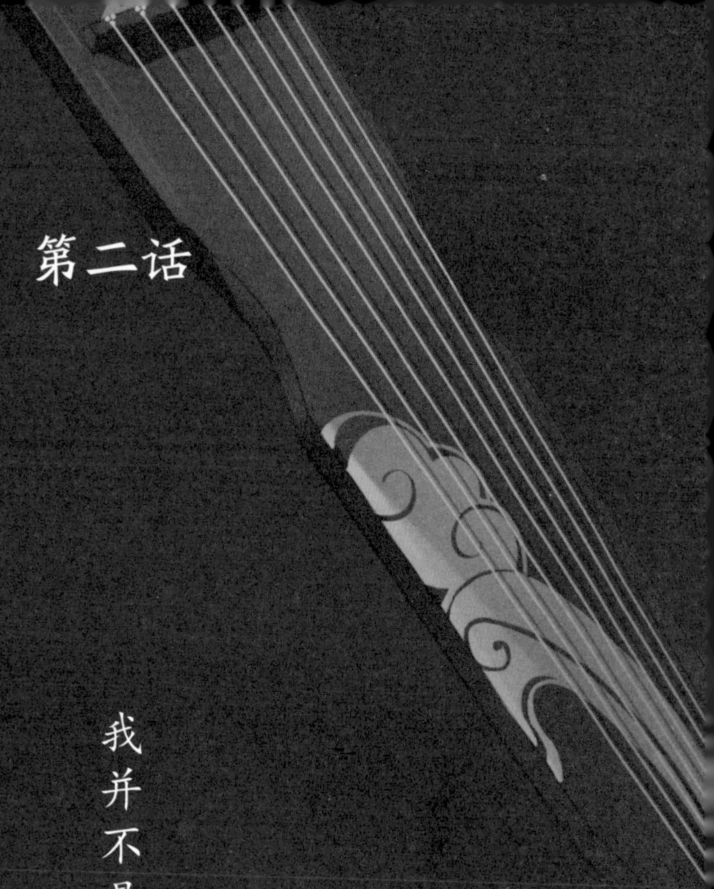

## 我并不是大魔头

我死了，
死了很多年……
嗯？

你装什么死？
踩
也不想想，你现在住的是谁家的房？吃的是谁家的米？花的是谁家的钱?!
拿你几样东西怎么了？本来就该都是我的！
敢踹本老祖，胆子不小！

你还敢去告状?!
你以为这家里
真的有人会为
你做主?
砰!
砰!
砰!
怎么这么快?
公子，都
砸完了！
这破屋子，东西
本来就没有多少。

谁稀罕你这些破铜烂铁、废纸片，我都给你砸干净了，看你今后拿什么告状！
去过几年仙门世家很了不起？还不是像一条丧家犬一样被人赶出来！
看牢了，别让他出来丢人现眼！
是！

嗯？这玩意儿……有点眼熟？
好像是我创的什么玩意儿……
“献舍，一种施术者以自己肉身为引、召十恶不赦的厉鬼邪神为其实现愿望的法阵。”
啊……原来如此，是“献舍”啊。
我什么时候被划为“十恶不赦的厉鬼邪神”了？我不就是名声差了点儿，死状惨了点儿吗？真是……岂有此理。
哎呀！

啧啧，多大的仇！
这下我必须得帮莫玄羽这小子实现愿望了，否则诅咒反噬，我将元神俱灭，永世不得超生。
等等！

莫玄羽的愿望……是什么……来……着……
“家慈……”“……得拜仙门……”
“助吾夙愿得了……
没说……没有说！
这小子是哪里找来的残本，把默念愿望这一步给漏了！
然而莫玄羽早就魂归天地，召也召不回来了。
唔……

唔……真是……岂有此理……岂有此理啊！
虽然不知道具体愿望是什么，按照这小子的德性，多半是“灭门”吧！

毕竟我是传说中“忘恩负义、丧心病狂、六亲不认、天理难容的大魔头”啊，还有比我更符合“凶神恶煞”这词儿的人选吗？
唉……可是……
你找错人了啊……

# 第三话

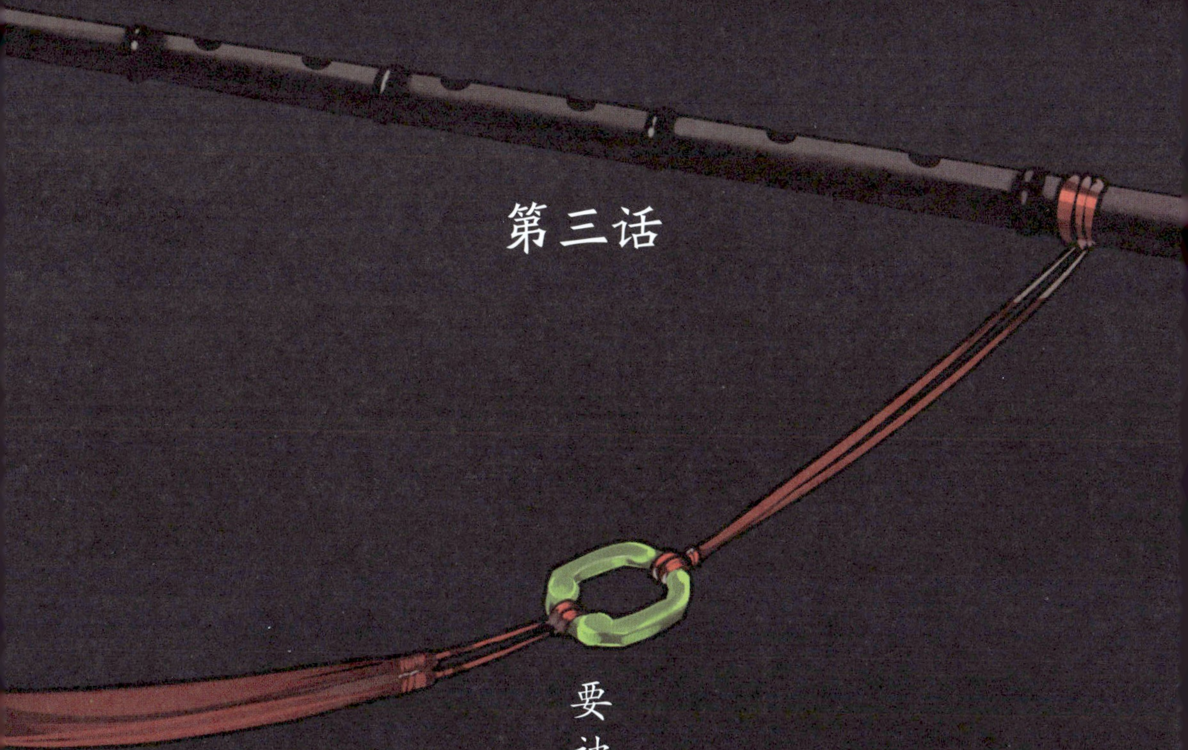

要被饿死吗

难道我会是第一人……
有史以来……刚被人请上身……
就被活活饿死的厉鬼邪神……
这具身体连辟谷的修为都没达到……

咔!
快点儿的!
磨蹭什么!
吃完了把
碗拿出来!

阿童，又来给里边那个送饭？
你一天只给他送一次饭，时不时偷懒也没人说你，这么清闲你还嫌晦气。
不然我来这晦气的院子做什么！
我又不是只给他送饭！
真是龙游浅水遭虾戏，虎落平阳被犬欺，拔了毛的凤凰不如鸡。
你看看我，活儿多得连出去玩也不行。
这阵子你还敢出去玩？这么多走尸，谁家不是把门关得严严实实。
走尸？看来这莫家庄近来不大太平。
【走尸，即为走路的死人，一种较为低等也十分常见的尸变者。一般目光呆滞、行走缓慢，杀伤力并不强。】
可乍一听还感觉蛮亲切呢！
今天已经有仙门使者到咱们莫家庄来了，我听说，是个很了不得的显赫世家！
显赫世家……
夫人正在厅堂里招呼，镇上人都围着看稀奇呢。
虽然样貌已变，但这莫玄羽好歹进过仙门，要是遇到什么故人可就麻烦了。有什么可以遮住脸的工具吗……

嗯？这是……
呃……不是很懂疯子的世界。
对哦！

差不多就这样吧。

哈哈。
才没空跟你闹，说不定待会儿又要使唤我了。
咔!
啊啊啊啊！

是那疯子？
嘶——好刺眼的阳光……

去去去！
回去！出
来干什么?!
你！
你以为你
作践谁呢！

呵……

# 第四话

## 姑苏蓝氏

我们家中有个小辈，也是个曾有仙缘的……

来了，来了，在这，在这！
刚才是谁叫我？有仙缘的，那可不就是我吗？
唔……
噗！

“披麻戴孝”姑苏蓝氏，而且是有蓝家血统的亲眷子弟。
“姑苏蓝氏，家纹卷云纹。佩戴有卷云纹抹额的即为亲眷子弟。”
“客卿、门生和依附的外姓修士，佩戴的抹额则没有家纹。”
嗯?

谁放他出来的？
把他弄回去！
是！是……
你这死疯子！再
不回去，看我怎
么收拾你！

扯
议论
嘈杂
要我回去也行。
你叫他先把偷了我的东西还回来。
你胡说八道！我什么时候偷过你的东西？我还用得着偷你的东西？
对对对！你没偷，你是抢！

咳……
什么偷，什么抢？说得这样难听，自家人和自家人，不过是借来看看罢了。
阿渊是你的弟弟，你为人兄长，难道还这般小气？一点小事还发小孩子脾气，闹笑话，又不是不还你。
那你还吧。
阿娘！

说起来，他不光不该偷我的东西，更不该半夜三更去偷。
黑灯瞎火的，在我屋里偷偷摸摸，不知道的还以为是在做什么见不得人的丑事。
我不是……我没有……
乡亲父老面前说的什么话！真是不要脸，阿渊可是你表弟！

他明知自己是我表弟还不知道收敛，究竟是谁更不要脸?!
你！
你自己不要脸就算了，得亏我是你表哥，万一我要是个黄花大闺女，可不就被你毁了清誉了！人家还想嫁个好人家呢。
唔……
噗！

# 第五话

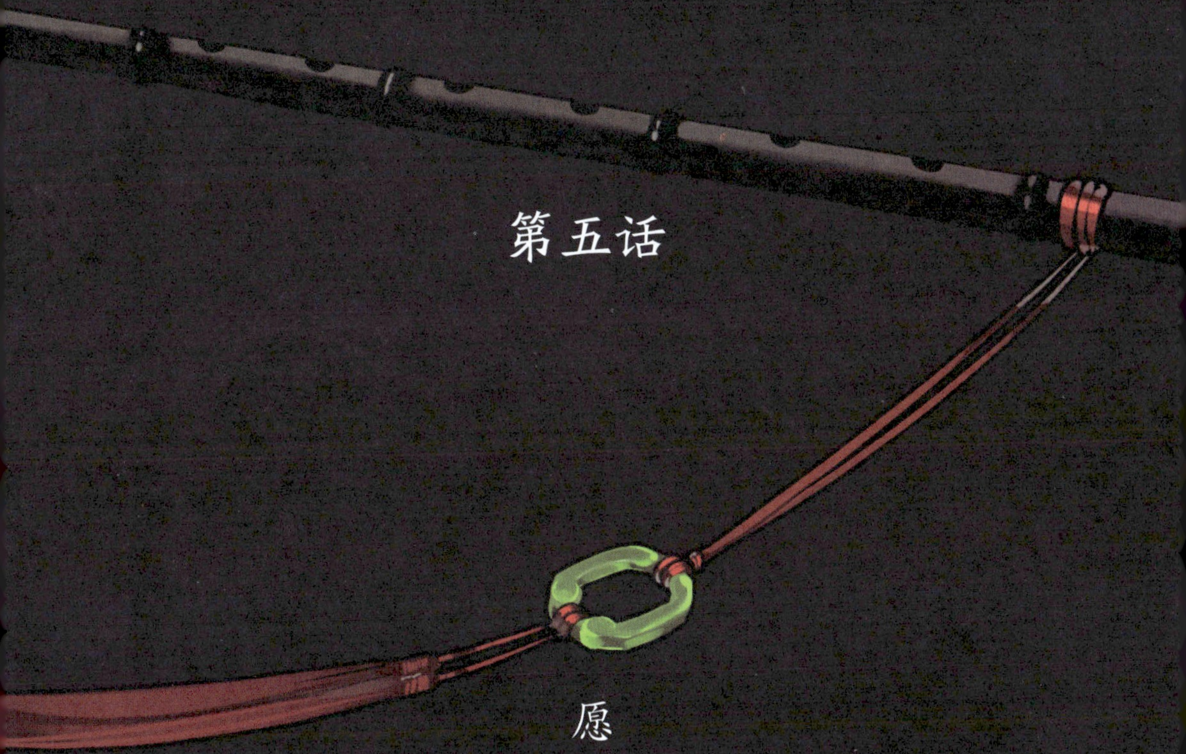

## 愿望到底是什么

你！

你给我闭嘴！
哎哟，打起来了！
快躲远一点！
别看了，等会儿受伤了怎么办！

看见了吧！看见了吧！偷东西，还打人啦！丧尽天良啦！
这位公子有话好说……

这位是我妹妹的儿子，脑子有些不好使。
莫家庄人人都知道他是个疯子，常说些怪话，不能当真，仙师千万别……
谁说我的话不能当真！
今后谁再偷我的东西试试！

偷一次，我就
砍他一次手！
你……你
这个……

你这个混蛋！
略略略！
那个……今晚便借贵府西院一用。先前我所说的请千万记住，傍晚以后，紧闭门户。
不要出来走动，更不要靠近那间院子。
是……是……有劳……

娘，那疯子人前这样污蔑我！就这么算了?!你说过的，他不过就是个……
闭嘴！有什么话不能回去再说！
那疯子今晚死定了！

看来给莫玄羽出一通气这样轻微的报复远远不够啊……
难不成还真要灭莫家的门？

# 第六话

## 旗阵

玄门百家纵使对我喊打喊杀，对我做的东西却是照用不误啊。

这些少年在西院布置旗阵，并要求旁人不得靠近，必然是想将走尸引到此处，一网打尽。
回去吧。
这里不是你该来的地方。

别乱动！这不是你该拿的东西！
不还！不还！

还不还！不还我打你了！
不还！我要这个！
景仪，算了算了。好好拿回来就是，何必跟他计较。
思追，我又没真打他！你看看他，他把旗阵弄得一团糟！

纹饰画法正确，咒文也不缺，并无错漏，使用不会有差池。
莫公子，天快黑了，这边马上要抓走尸了。夜里危险，你还是快回屋去吧。
只是画旗的人经验不足，纹咒只能吸引最多五里之内的邪祟和走尸。
不过……也够用了。
这面旗……

一面破旗子而已，有什么了不起！我画得比你们好多了！
真是个疯子！

大言不惭。
果然疯疯癫癫的。
无知者无畏吧。
别这么说，快过来帮忙吧。
呼！

此旗阵布置得井井有条，家教也当真不错。
为首的少年，尤其是个十分值得喝彩的好苗子。
你去那边把旗子补上。
其他人回自己的位置。
是！
不知道在姑苏蓝氏那种古板扎堆的可怕地方，谁能带出这样的后辈。
唉……长江后浪推前浪啊。
回去喽……

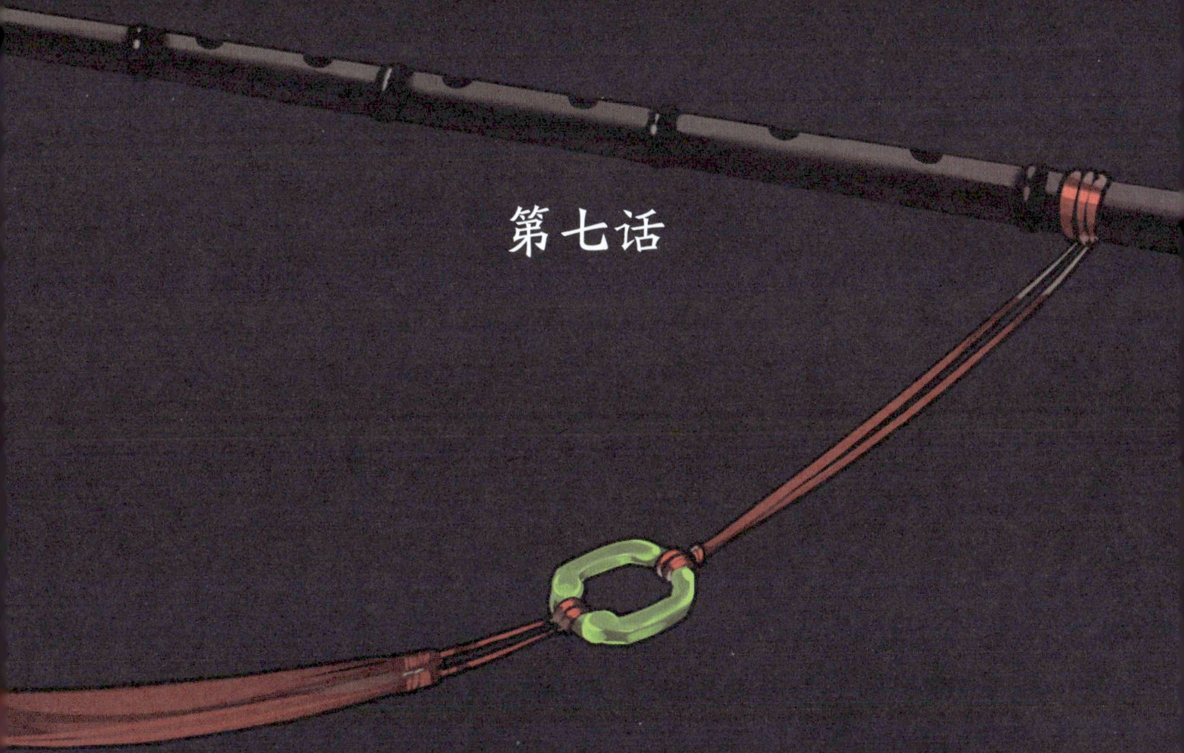

# 第七话

## 诡异

冲进去！直接拖出来！
报什么官，蒙头打死！
报官！
怎么了？莫非那几名少年布的旗阵出了差错？

把这个杀人的疯子拖去大堂，让他偿命！
对！让他偿命！
我做出来的东西，使用稍有不慎便会酿出大祸。
但是那少年画得的确无误。
到底是……

东院
这么多人！
刚刚制服走尸，
我们从西院往
东院赶，尸体
就在廊上。
发现时间不
到一炷香！

这尸体该不会是……
呃……
小心！

唰

哎哟，好险，好险……
我儿惨死，我要给他报仇雪恨！你拦我做什么?!
你儿子惨死，跟我有什么关系？
莫夫人，令郎尸体这情形，血肉精气都被吸食殆尽，分明是被邪祟所杀，应该不是他做的。
这……夫人并无证据，还是……
你们知道什么！这疯子的爹就是修仙的，他也肯定学过不少邪术！

证据就在我儿子身上！你们自己看！
阿渊的尸体已经告诉了我，杀他的人是谁！
掀开
啊！

看见了吗？今天在这里，你们也都听到了吧？这疯子他说过什么话！
他说，若是阿渊再碰他的东西，他就把阿渊的手臂砍下来！
只可怜我的阿渊根本就没碰过这个疯子任何东西，不但被他诬陷，还被他丧心病狂地害了性命……
嗯？

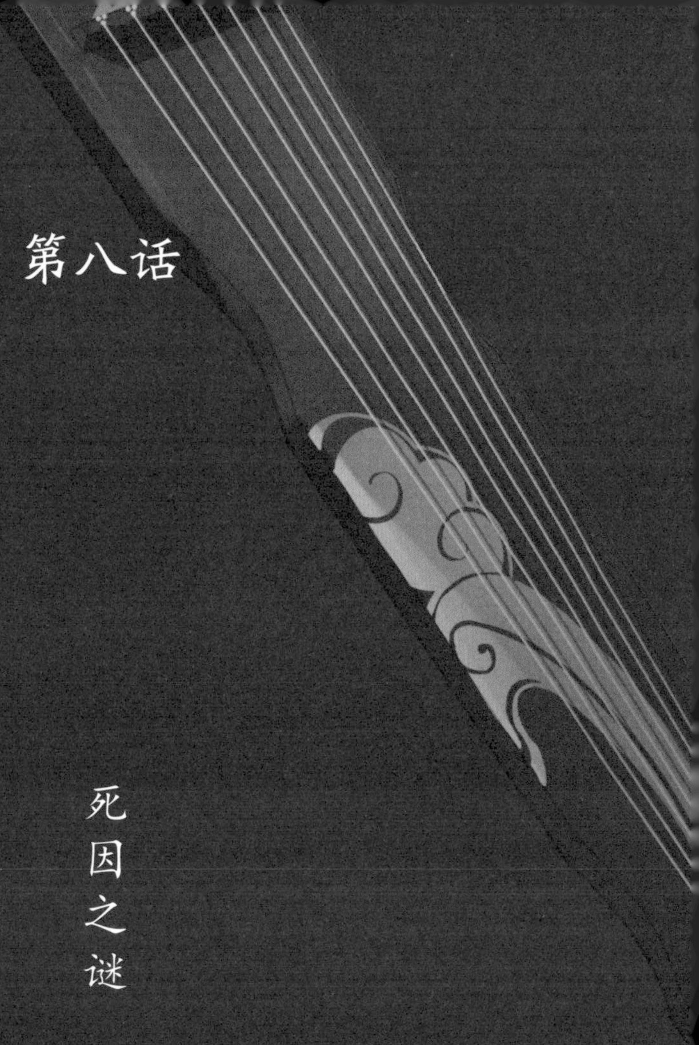

# 第八话

## 死因之谜

自作孽，不可活！
我们的召阴旗还剩几面？
五面，在西院收服走尸的时候少了一面……
啊！原来是他偷的！
据说是用来召邪祟的！仙师是要引邪祟而除之，哪知还会有人偷这个！
不是说半夜不可外出，更不可去西院的吗？
这旗子看起来就邪乎，名字也怪。

啧啧啧……
怕是手脚向来不干净，偷抢疯子表哥的符篆法器偷上瘾了吧！
召阴旗本来就是我所制所传。
献舍契约已经将莫子渊之死默认为我的功劳了。真是阴差阳错、歪打正着。

要不是你昨天当着那么多人的面，撒泼诬陷他，他会半夜三更出去吗？都是你害的！
还有你！你们这群没用的东西，修什么仙，除什么邪，连个孩子都护不好！阿渊才十几岁啊！

呸！
你以为你在骂谁！真把别人当自家奴仆了？人家千里迢迢过来退魔除妖，分文不取，倒欠你的了？
你！
你儿贵庚？今年十七该是有了吧，还是个“孩子”？几岁的孩子还听不懂人话？
昨天有没有再三叮嘱不要靠近西院，不要动阵内任何东西？你儿半夜出门偷鸡摸狗，怪我？怪他？
叫人来！
把人都叫进来！

夫人！
你……你……
你也给我出去！
老爷，老爷
咱们先出去
透透气……

伤痕又少了一道？
难不成——
啊啊！！
在门口！出去看看！

这！

夫人！
有没有看到
是什么东西？
这么短的时间之内
连夺两条人命，其
凶残程度……
非比寻常！

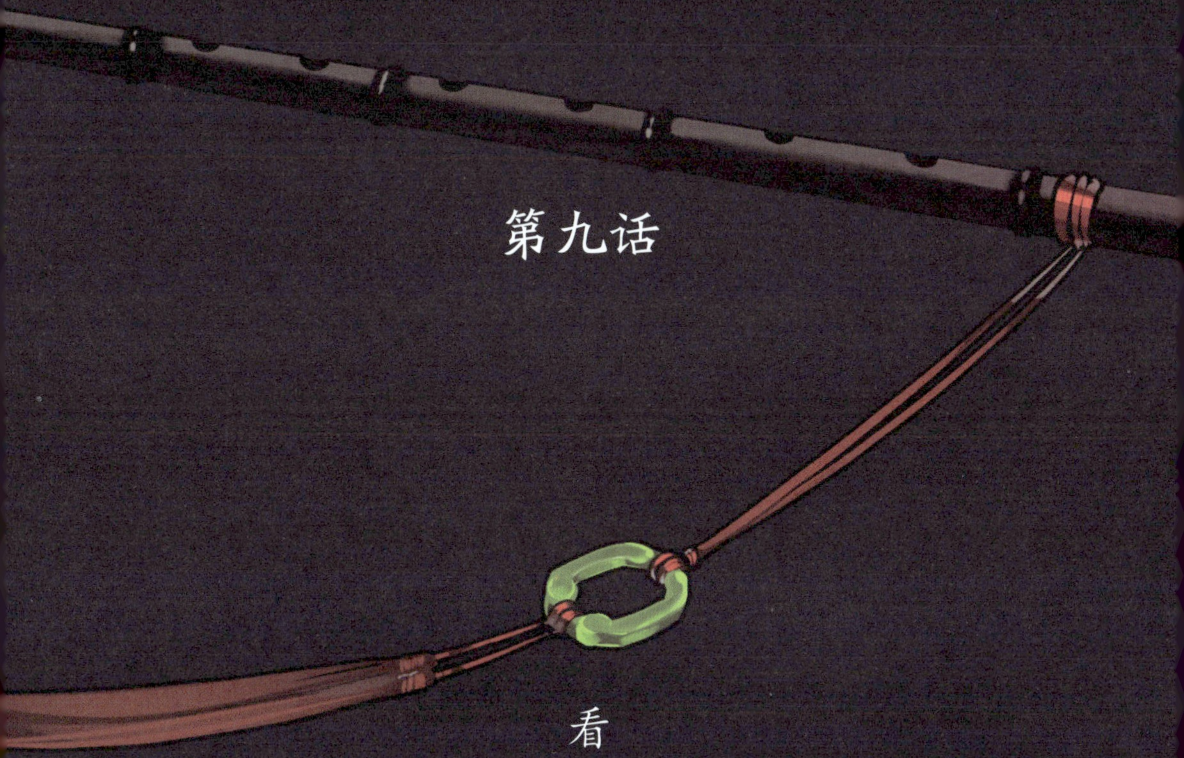

# 第九话

## 看不见的东西

信号发了吗?
发了，可如果这附近没有能前来支援的前辈……
我们的人恐怕最快也要半个时辰才能赶过来。

思追，我们现在……该怎么办？
守着，等人来！
邪祟多半就混在我们中间，这里的人，一个都不许走！

要是这群小辈招来了“老熟人”可就麻烦了。
可现在撒手就走，这里的人恐怕全得赔上性命。

啊！阿童，你醒了！

呃啊啊！
别动！
呃！

没用了……
呃……
鬼！有一只看不见的鬼在这里，让阿童把自己掐死了！
不是厉鬼。
这若真是厉鬼，符咒会立刻自动焚烧出绿火，而不是如现在一般毫无动静。
符篆毫无动静……怎么会……

思追，这东西在众目睽睽之下杀人，你可有什么头绪？
我……
这东西连杀三人，而且间隔时间如此之短。
哪怕成名修士也难以立即想出应对之策，何况这只是群刚出道的小辈。
一片混乱

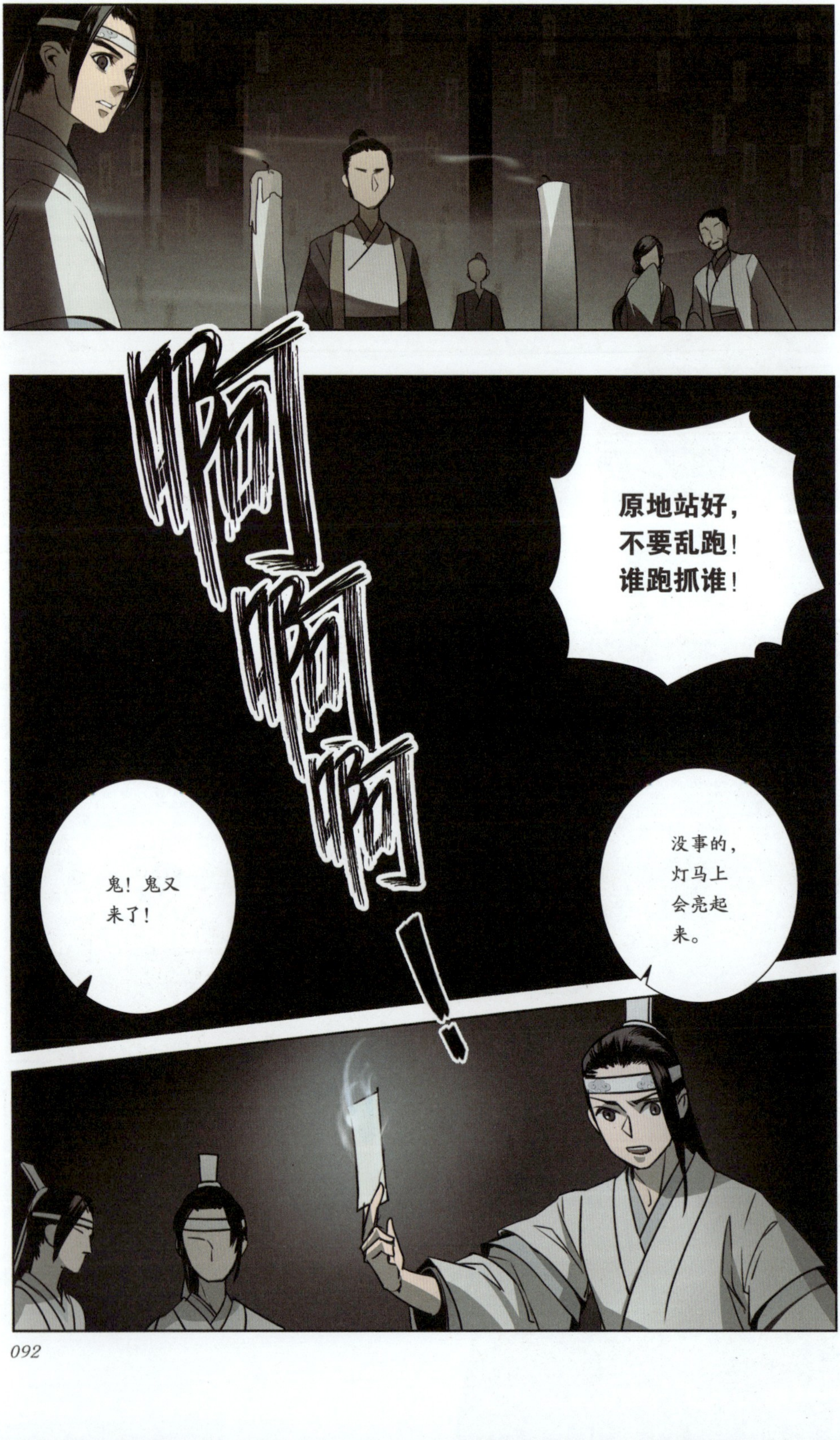
啊啊啊！
原地站好，不要乱跑！谁跑抓谁！
鬼！鬼又来了！
没事的，灯马上会亮起来。

大家没事吧?
嗯?
伤痕……全部消失了?

# 第十话

## 真面目

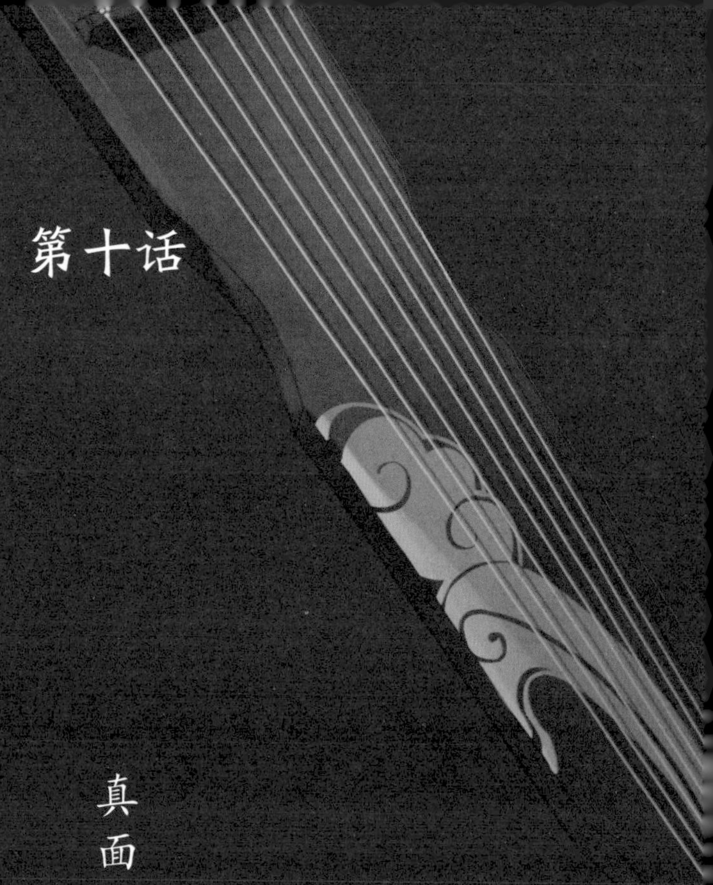

不对啊……原本左右两只手腕，各有两道伤痕。
其中三道代表莫子渊、莫子渊父亲、家仆阿童，都已经消失。
莫子渊
莫子渊父亲
家仆阿童

除非……

那东西不是魂体，却可以附在人身上，那究竟是什么？

手！
手……阿童的左手！
左手！

这傻瓜，这时候还笑得出来！
哈哈哈哈
不是！不是！
不是什么？不是傻瓜吗？你不要闹了！

这个不是莫子渊的爹，那个也不是阿童。
为什么？
他们又不是左撇子，打我从来都是用右手，这我还是知道的。
你自豪个什么劲儿！看把你得意的！

嗯！
他们为什么临死之前突然都变成了左撇子？
那么还有谁突然变成了左撇子？
她的左手不对！

按住她！
咯—！
咯—！

得罪了！
糟了！

# 第十一话

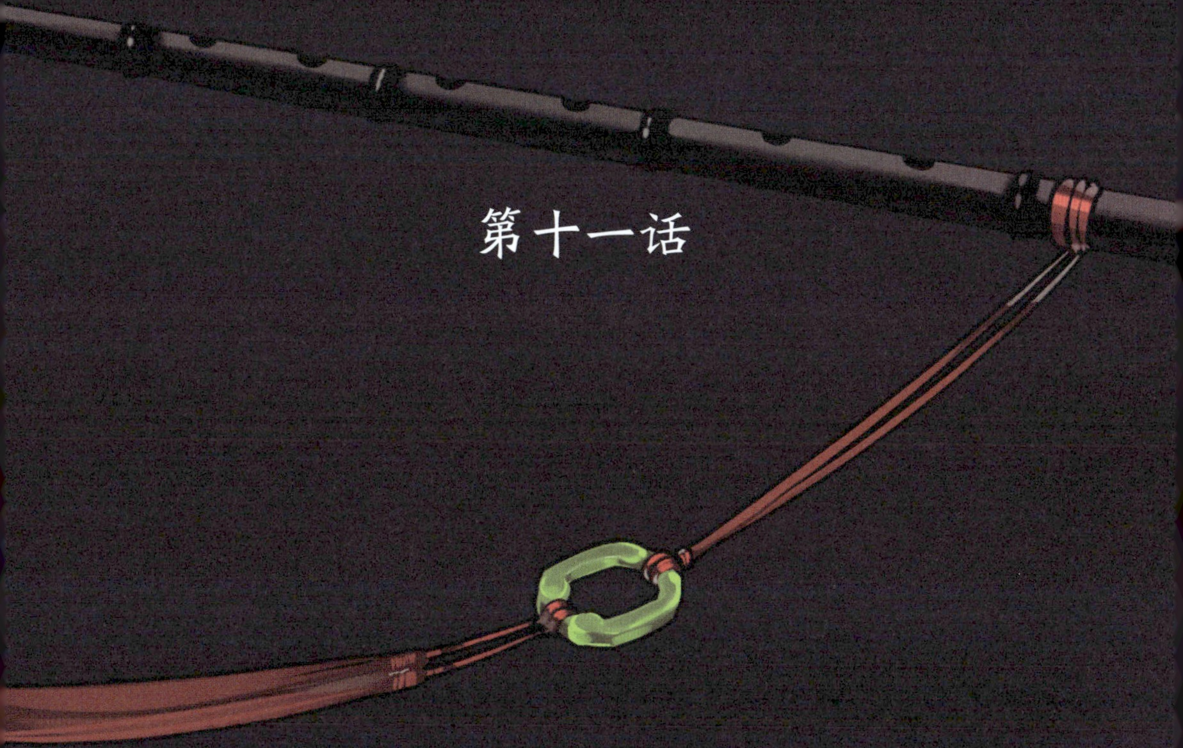

## 危险境地

哎呀！
哇啊！

好险！

你踢我干什么，疯子，你想害死我?!
不是我踢的！
景仪，快看！

这个东西，就是
被召阴旗召过来
的邪物……
一只渴望得
全尸的左手！

思追，这玩意儿刀枪不入，怎么办？
这左手带着死者的怨念，找不到自己的尸体……
大家把衣服脱了，罩在那只手上！
是！
就只能吃掉活人的左手，并取而代之。

吸干了精气血肉后，继续寻找下一个寄生容器，直到找齐它的尸体为止。
蓝家校服绣满了密密麻麻的咒术真言，有护身保命之奇效。
不过遇上这样厉害的，用过一次便只能作废。
拔剑！结剑栏！撑到前辈赶来！
是！

这下麻烦了，手头
也没材料，无法立
刻做出道具来，也
没有现成邪煞可以
驱使……
要怨念极重，凶残
恶毒的死者，何必
要出来找？！

还不醒?
咔咔—
咯咯咯—

# 第十二话

含光君

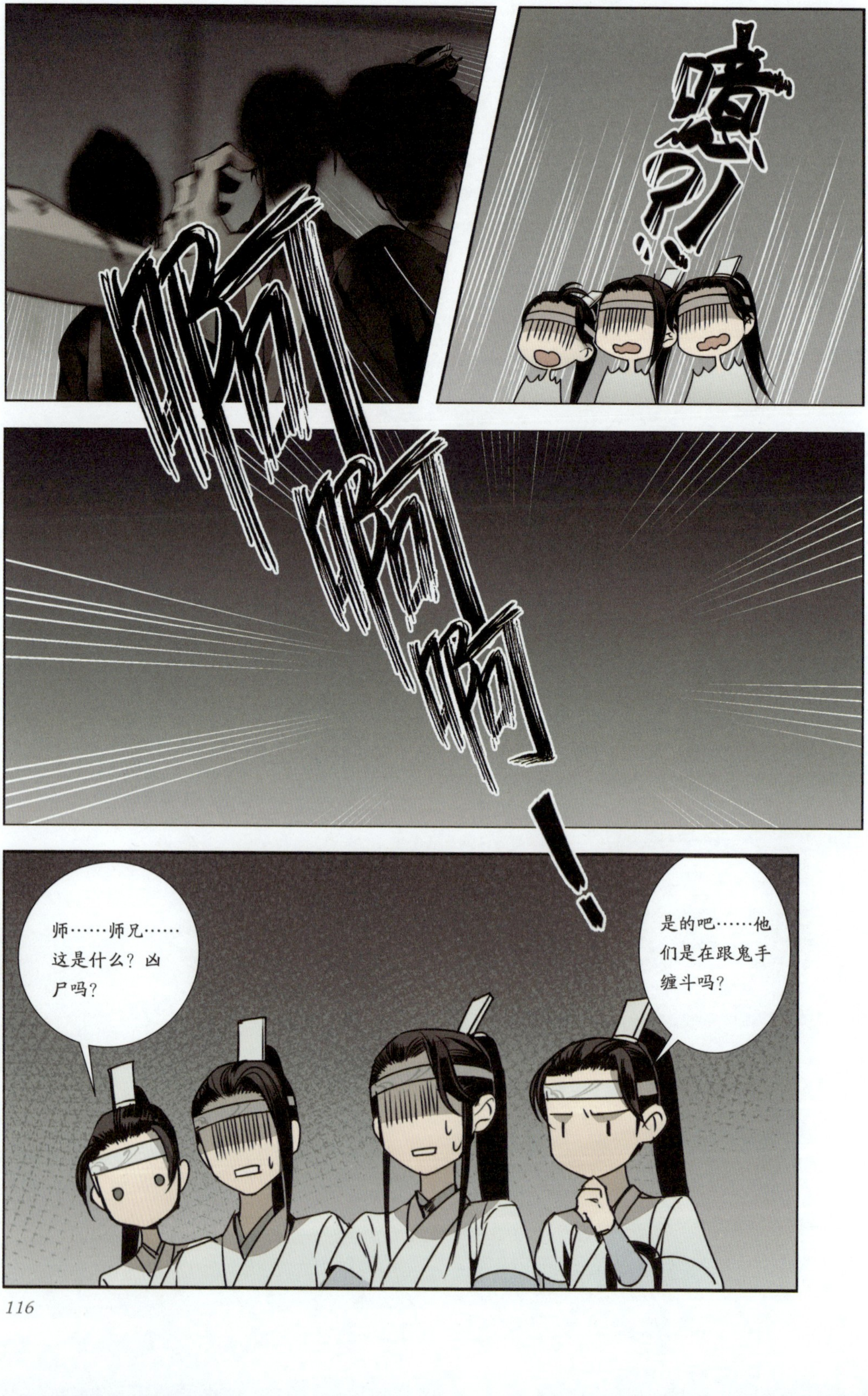
噫?!
啊啊啊啊!
师……师兄……这是什么？凶尸吗？
是的吧……他们是在跟鬼手缠斗吗？

我第一次亲眼看到传说中的凶尸相斗诶……
我也是啊。
咔——
天啊，总觉得，比起杂书和传闻，这个现场真的是——
好精彩啊！

三具刚刚横死的凶尸联手，竟然也无法压制这一只手臂！
啊……
再干涉下去，难保不被发现是我在捣鬼了。
呃……
还是……

是他?!

含光君！
铮
铮

铮

耶——
含光君好帅啊！
男神！男神！
只要一挥弦，邪祟全被制服啦！
人呢？
好巧不巧，来的是蓝家人，要死不死，来的还是蓝忘机！
得找个坐骑赶紧撤！

就决定
是你了！
嗷
?!

# 第十三话

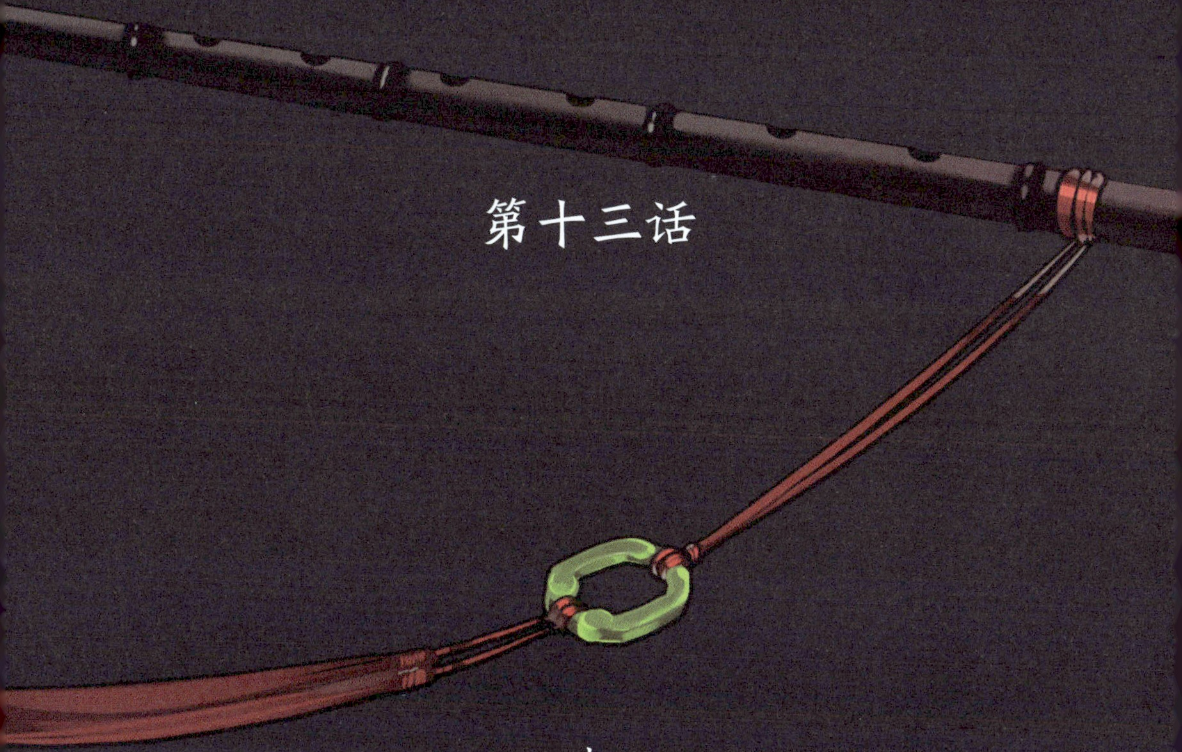

## 大梵山

驴祖宗，吃了这些秸秆咱们上路吧！
这儿哪有新鲜带露水的嫩草啊，跟我走到大饭山下，带您吃香喝辣！
为什么都快到大梵山脚下了，这指针还是不动？

去夜猎的散修？
你那罗盘是不是坏了？
还有不到十里就是大梵山了，咱们得立刻上路。
也不知道大饭山能不能收到好使的鬼将。
这个，给你。
嗯？

你干吗！这
是给我的！

小苹果！
我们走！
哇啊！

原来是叫作大梵山啊!
佛脚镇

所有的风邪盘指针都没有异动，我认为此地根本就没有食魂兽或者食魂煞。
风邪盘没指出来就一定没有吗？它也不过能指个大致的方向，精密不足，不能尽信。
也不想想风邪盘是谁造的，我也从没听过有什么东西能扰乱它指针的指向。
我当然知道风邪盘是魏婴做的啊，可他做的东西又不是十全十美，难道还不允旁人质疑了？
我可没说不许你质疑，更没有说他做的东西十全十美，阁下何必含血喷人！
哇！打起来啦~
魏婴

嗯?
停住
??
大梵山?

# 第十四话

## 佛脚镇

喔！
哈哈哈哈！

阿胭！
阿胭！咱们回去吧！回去吧！
呃……
唔！

啊!
嘻嘻……
作孽，郑铁匠家里的阿胭又跑出来了。
阿胭、阿胭的夫君，还有她的丈夫，没一个好的……
她阿娘真可怜呐。
哈哈哈哈!

师傅，能跟我讲讲这里发生了什么吗？
怎么，你也是来抓那些鬼怪的？
不不不，我……我是说书的！搜集民间传说！
哦，说书人都涂得这么滑稽吗……
我们大梵山上，有一片古坟地。

数月之前，有一晚电闪雷鸣，一夜过后，有几具棺木翻出了土。
连尸带棺被雷电劈得焦黑。
佛脚镇居民十分不安，一番祈福，重修古坟堆，以为能摆平此事。

谁知，自那以后，佛脚镇开始频频出现失魂之人。
失魂？
第一个是一名懒汉。此人平日游手好闲，穷光蛋一个。
山崩那夜他被困在大梵山，好在命大无事，离奇的是他回来没过几天……
忽然娶了个媳妇，大张旗鼓办了亲事，说从此要行善积德，安心过日子。

新婚之夜他喝得酩酊大醉，躺倒在床上便再没起来，双眼发直、浑身冰冷。
如此不吃不喝躺了数日，终究入土了。可怜新娘才嫁人便守了寡。
第二个便是郑铁匠家的阿胭。他未来夫婿在打猎时被山上的豺狼咬死。
她得知此事后，也出现了前一个懒汉那样的情况。
后来她的失魂症竟然自己好了，但人也变得疯疯癫癫，每天在外面跳舞给人看。

第三个就是阿胭的父亲郑铁匠。……迄今为止已连续有七人遇害。

这邪祟一口气吃了七个魂魄，难怪这么多家族聚集于此。
而且，多半是高阶食魂煞呢！

既然猎物非同小可，风邪盘出些差错也在所难免。
吓死我了！
哎哟！什么玩意儿！
一脸吊死鬼妆，大晚上的想干吗?!
……
什么都没捞到还被吓一跳，真晦气！
猎物扎手，铩羽而归？那就正合我意了！
那么大一个家族的家主，用得着到这里来跟我们抢一只食魂煞吗？
有什么法子，得罪哪家都不能得罪江家，得罪谁都不能得罪江澄。自认倒霉吧！
没听见

# 第十五话

## 兰陵金氏

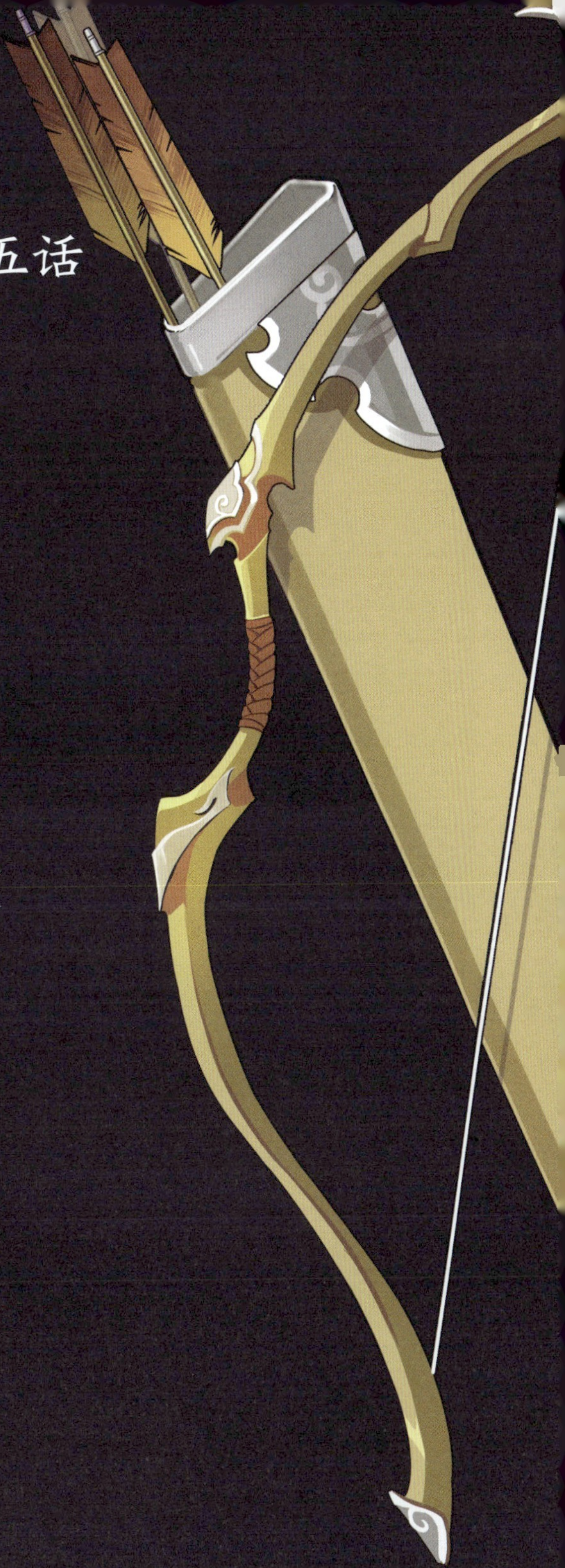

来人啊！
救人啊！
救命啊！
荒山野岭的求救声，十之八九都是邪精作怪，引不知情者前往陷阱。
越邪越好，就怕不够邪！

嗯……
啊……是你。
喊来了一个
疯子……

每次都是你们这些蠢货！
兰陵金氏的公子，有钱！

这山里四百多张缚仙网，已经给你们这些人捣坏了十几个！
超有钱！
一张缚仙网价值不菲，四百多张足以使小家族倾家荡产。
请小公子行个方便，放我们下来吧。
你们就在这里挂着吧，省得碍我的事！
等我抓到了食魂煞，想得起你们再放你们下来。
看来之前撤走的修士们，不是因为猎物扎手，而是因为名门难惹。

在山里挂一夜，就只有被吸干魂的份儿了。呜呜呜……
哼！
哇啊！
哎哟！

回来！停
停停停停！
原来是你！
他竟然认识
莫玄羽？
怎么？被赶回老家
之后你疯了？涂成
这个鬼样子……

我好像听到了什么了不得的事情？
金光善，兰陵金氏上一代的家主，惧内却爱拈花惹草，私生子女众多，死于马上风。
当初乱葬岗大围剿，除了江澄，就是金光善出力大。
如今我却占了他私生子的舍……

站着发什么呆？
还不快滚！看
见你就恶心得
够了。死疯子。
啊……
真是有娘生
没娘养。

# 第十六话

## 三毒圣手江澄

你！
这剑有点儿眼熟?!

你说什么?!
唰

爬不起来……
小鬼虽弱，对付这种毛孩子还是不在话下的。

疯子！快放开我！
好啊你！灵力低微修炼不成就走这种邪道，你给我当心！
今天你知道谁来了吗?!今天我……
啊！我好怕啊！

你快把这东西给撤了——
再不撤我告诉我舅舅，你等死吧！
为什么是舅舅不是爹？你舅舅是哪位？
他舅舅是我。
你还有什么遗言吗？

江澄，三毒圣手，云梦江氏宗主。

# 第十七话

披麻戴孝蓝忘机

舅舅！
我不是告诉过你吗？遇见这种邪魔外道……

他是……江澄的外甥……他是……
……他是师姐的孩子！
直接杀了喂你的狗！

他对我的恨，都已经
迁怒到所有效仿我修
炼的人身上了吗？
哪里跑！

看剑！
好强的剑气！
啊!

哇啊！

蓝忘机，含光君，姑苏蓝氏，
与其兄蓝曦臣并称为“蓝氏双壁”。
披麻戴孝
蓝忘机！

含光君还真不愧那“逢乱必出”的美名啊，怎么今天有空到这深山老林里来了？
流年不利！冤家路窄！福无双至！祸不单行……
金公子，夜猎向来是各家公平竞争。可是金公子在大梵山上四处撒网，使得其他家族的修士举步维艰。

“禁言术，蓝家用来惩罚犯错的族中子弟的法术，非蓝家人不得解法。若是要强行说话，不是上下唇被撕得流血，就是嗓子喑哑数日，必须闭嘴安静自省，直到熬过惩罚时间。”

# 第十八话

## 再会

宗主，不久之前，一道蓝色飞剑，把您安排的缚仙网，全部给破坏掉了！
蓝色飞剑……
姓蓝的！
那么多张缚仙网，虽近天价，对云梦江氏也不算什么，可江澄是铁了心要为金凌拔得这头筹。
网毁事小，失颜事大，这下有好戏看啦。

呵。
含光君要罚你，你就受他这一回管教吧。
能管到别家小辈的头上，也是不容易。走吧！
江宗主，所毁缚仙网，姑苏蓝氏自会如数奉还。
不必！
呜呜——

这江宗主
怎么这样？
“蓝家家教：背后不
可语人是非。”
唔——
莫公子，我们
又见面啦。
倒是托这几个
小子的福，逃
过一劫。

去做事。
是。
尽力而为，
不可逞强。
江澄和蓝湛，果真是
完全不同的两个人。

这是谢我为蓝家
小辈解困吧。
啊……

嗷！
唉。
你要英雄救美，却让我去见义勇为。
这个金小公子，金家和江家都这样惯着他，小小年纪便这么霸道跋扈！
怎能不惯他宠他？那么小便父母双亡。
要说魏无羡也真下得去手！金凌的母亲可是江澄的亲姐姐啊，一手把他带大的师姐！
江厌离也是冤，带出这么个白眼狼。金子轩更是惨……

有娘生，没娘养。
如果是别人对金凌说这句话，我会教这人领会到什么叫祸从口出。
可是这么说的，竟然是我自己！

不管大梵山里是
什么猎物，我都
不能要了。
我魏无羡，和谁抢
也不会和金凌抢。

# 第十九话

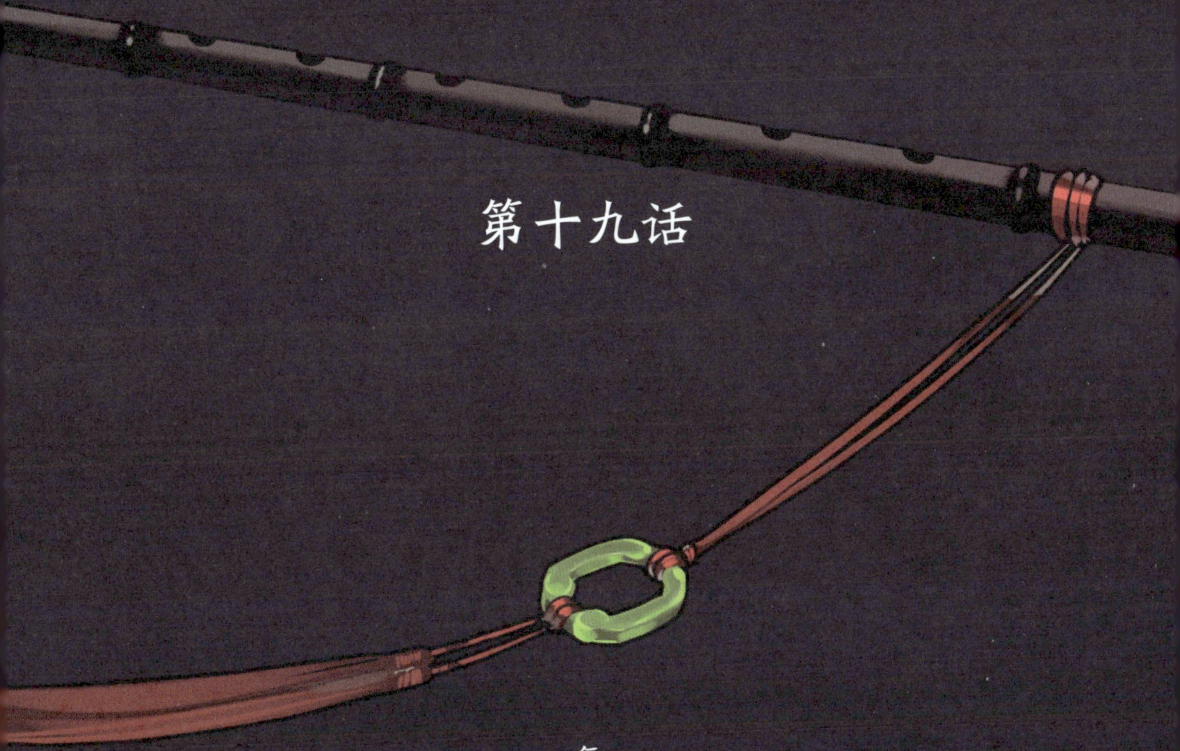

## 舞天女尊

疼啊，疼啊……
好疼啊！
好疼啊！
疼啊……

哪里疼?
头啊，头，我的头。
死魂！多半是被人用凶器砸头谋杀致死。
呃……

身上穿着寿衣，材料和做工都上佳，说明已被好好入殓安葬，不是活人丢失的生魂。
可是，这座大梵山上，绝不应该有这样的死魂出现。
好疼啊，好疼……
金家的人还在这附近吗？好怕再遇上啊。

听说金家的人和蓝家那几位小公子离开此地，去天女祠了。
那我们要不要也……
天女祠?
是这山上的一个石窟神祠，在那边。

神祠里供的是哪路神仙？
好……好像是一尊天然的天女石神像。
原来是这样！
多谢！
你们千万别去那里，能离多远就离多远吧！
什么意思嘛！
一边说危险，一边自己跑过去。
疯言疯语！

懒汉娶亲，天雷劈棺，被豺狼咬死的未婚夫，父女先后失魂，华丽的寿衣……

难怪风邪盘指不出方向，召阴旗更不会起作用！
他们都小看了这座大梵山里的东西！
它根本不是他们所以为的东西！
天女祠

这就是当地传说的“舞天女尊”石像？
是的，据说是天然形成的一块奇石，天然造物能到如此程度，足以令人称奇了。
一块破石头，不知被什么人封了个神，也敢放在这里受人香火跪拜！

金凌？
哼。
该死，禁言术
时辰过了。

# 第二十话

## 天女现身

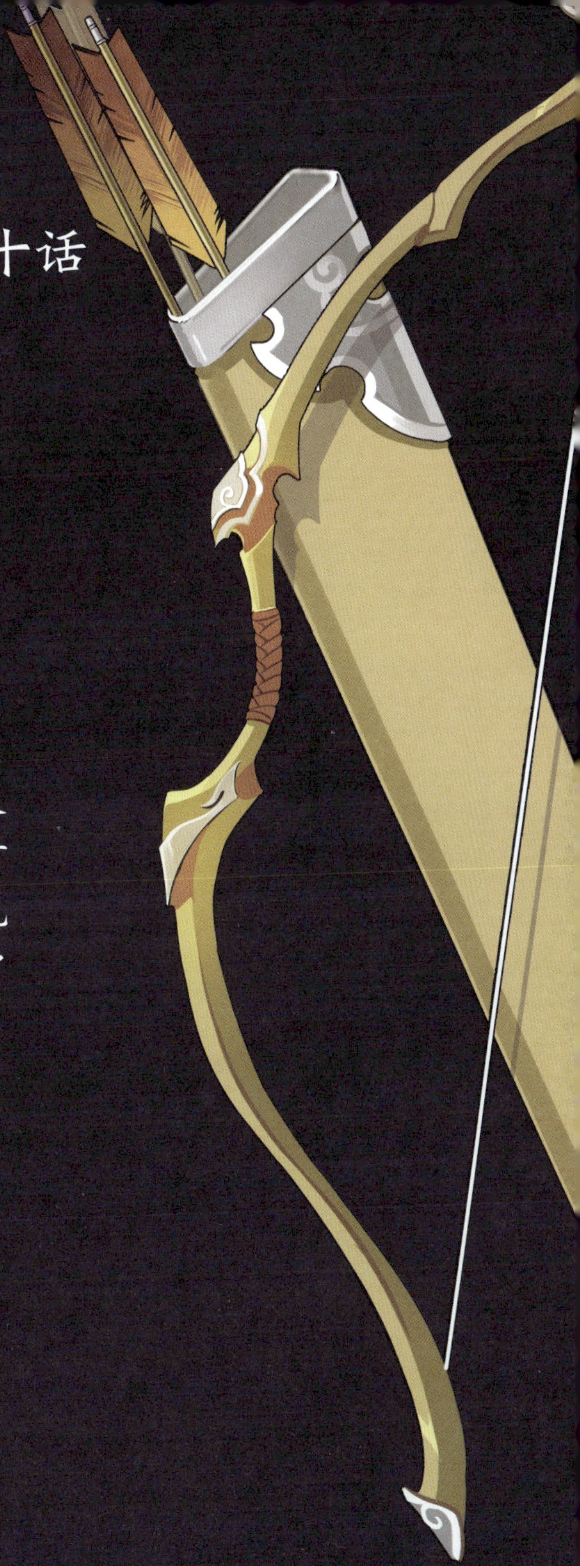

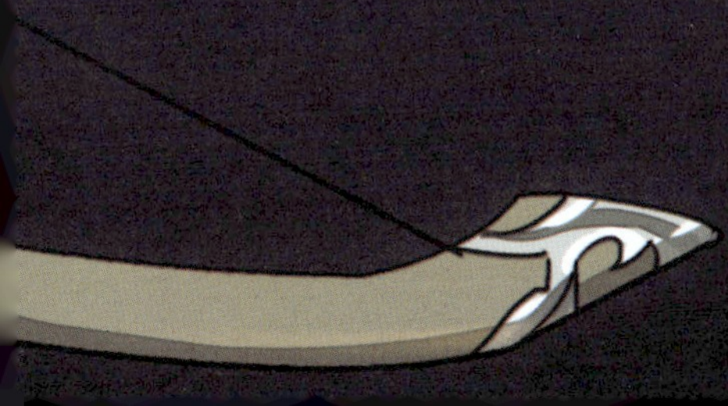

世上之人千千万，神佛自顾不暇，哪里管得过来他们！

真这么灵，那我现在许愿！
要这大梵山里吃人魂魄的东西立刻出现在我面前！它能不能做到？

就是就是！
金公子说的是！

哈哈哈哈……
大梵山妖孽横出，这神佛怎么就不管管？
景仪！快看！
吵死了……

她刚刚是闭着嘴的吧?
她刚刚眼睛也没这样吧?
喂!你怎么了?
有人倒下了!
他怎么了?

他这像是……
像睡着了一样！
哗哗

怎么回事?!
这里有邪祟!
谁?!

快看，天女的
姿势变了！

她还动了！
撤！
跑跑跑！别砍了！没用的！
没用的，金凌！
保护金少爷！
可算找到源头了！
冲啊！

啊啊啊！天女吸魂了！
法宝武器都没用，快撤出！
真是不见棺材不落泪。
快，快放那个信号，叫你们家那个……那个含光君上来！
好！
翻找……
信号烟花……莫家庄那一晚都放完了。
啊……

《赤笛云琴记1》完结，敬请期待第二册

图书在版编目（CIP）数据

赤笛云琴记. 1 / 落地成球编绘 ; 墨香铜臭著. --
北京 : 中国广播影视出版社, 2020.6
ISBN 978-7-5043-8449-2

Ⅰ. ①赤… Ⅱ. ①落… ②墨… Ⅲ. ①漫画一连环画
一中国一现代 Ⅳ. ①J228.2

中国版本图书馆CIP数据核字(2020)第015515号

赤笛云琴记1

落地成球/编绘　墨香铜臭/著

责任编辑　王　萱　宋蕾佳
项目策划　企鹅影视　视美影业
原　　案　申　琳
责任校对　龚　晨

出版发行　中国广播影视出版社
电　　话　010-86093580　010-86093583
社　　址　北京市西城区真武庙二条9号
邮　　编　100045
网　　址　www.crtp.com.cn
电子邮箱　crtp8@sina.com

经　　销　全国各地新华书店
印　　刷　北京盛通印刷股份有限公司

开　　本　880毫米 × 1250毫米　1/16
字　　数　7.5千字
印　　张　13.5
版　　次　2020年6月第1版　2020年6月第1次印刷

书　　号　ISBN 978-7-5043-8449-2
定　　价　42.80元